生活的修辞学

张小末◎著

浙江工商大学出版社
ZHEJIANG GONGSHANG UNIVERSITY PRESS
杭州

图书在版编目(CIP)数据

生活的修辞学 / 张小末著. —杭州：浙江工商大学出版社，2019.8

ISBN 978-7-5178-3366-6

Ⅰ.①生… Ⅱ.①张… Ⅲ.①诗集－中国－当代 Ⅳ.①I227

中国版本图书馆 CIP 数据核字(2019)第 148594 号

生活的修辞学
SHENGHUO DE XIUCIXUE

张小末 著

策　　划	杭州万事利天时文化创意有限公司	
责任编辑	刘淑娟　　王黎明	
封面设计	林朦朦	
责任印制	包建辉	
出版发行	浙江工商大学出版社	
	（杭州市教工路 198 号　邮政编码 310012）	
	（E-mail：zjgsupress@163.com）	
	（网址：http://www.zjgsupress.com）	
	电话：0571-88904980，88831806（传真）	
排　　版	杭州朝曦图文设计有限公司	
印　　刷	杭州宏雅印刷有限公司	
开　　本	710mm×1000mm　1/16	
印　　张	10.5	
字　　数	150 千	
版 印 次	2019 年 8 月第 1 版　2019 年 8 月第 1 次印刷	
书　　号	ISBN 978-7-5178-3366-6	
定　　价	36.00 元	

一个怀抱浮木的人（序）

1

1916年8月23日，当安徽人胡适写下"两只黄蝴蝶，双双飞上天"这样的句子时，他可能不会想到，一百年之后，浙江海边一个叫象山石浦的地方走出了一个名叫张小末的人，她也喜欢写这样的句子，这样的句子在今天叫作诗，在一百年前叫作新诗。

一百年前，胡适和他的亲密战友陈独秀、沈尹默、周作人等在一本叫《新青年》的杂志上鼓噪文学改良和革命，说是要创造一种"国语文学"，这种文学被他们称为"活的文学"，胡适则身体力行，既写"蝴蝶"也写"鸽子"，还写"老鸦"，可能他认为会飞的东西总要自由一点吧。也有人在天空飞了一会又都退回地上去了，包括沈尹默、周作人、俞平伯等，也包括胡适自己，他们后来都去搞主义和学问了。后来还是汪静之、徐志摩、戴望舒等一帮跟杭州有关的人，在新诗这条路上"一步一回头地瞟我意中人"，在湖畔瞟归瞟，幸亏前辈们不走回头路，就一直把接力棒交到陈梦家、艾青他们的手里。就这样，发端于一百年前的文学革命，经历了从1949年至2019年的时间，它渐渐成了一种背景，在这背景上就呈现出一张中国诗歌的百年地图。

现在我拿胡适先生来说事，是因为他带有"导航"功能。在绝大多数的时间里，导航是可以关掉的，但是要讲张小末的时候，特别是在今年，2019

年讲张小末的时候,我需要先让胡先生的蝴蝶来试飞一下,或者也是先尝试一下,看看在属于她的那块领空上,有没有禁飞区域。

请注意前面我在举一些人名时,除了三个了不起的安徽人之外,我尽量举了浙江诗人的例子,因为接下去要谈论的小末的《生活的修辞学》,是属于浙江省作家协会"新荷文丛"中的一本,在浙言浙,这是需要特别说明的,小末才露尖尖角,早有老荷成风景。

2

认识小末是这两年的事情,某次会,某个局,加微信,点个赞,组个群,抢红包,好像不管码不码字,芸芸众生莫不如此。一直到 2018 年的深秋初冬,诗人蒋立波邀请杭州诗院的一帮朋友去嵊州贵门采风,好像就在哪座山下的哪个村,我得知某位同事的老家就在此村,然后小末说她跟我这位同事的夫人曾经共事过,啊呀呀,这个时候我才知道小末出道也已经有些年了,而重要的是我的孤陋寡闻也有些年了。小末当年从事的那一份文字工作,跟我的某一位年轻的故友也曾有交集,这么一来就有点白头说玄宗的味道了,故友早逝,如短暂的春光。在这之前,我只知道她是宁波象山人,她的第一本诗集《致某某》列入了"宁波青年作家创作文库"(第一辑),从这一点上来说,宁波是颇为大气的,风从东海之滨来,渔光点点皆是诗。

但对小末的了解也仅此而已,在完整地阅读《生活的修辞学》之前,也曾零星地读过小末的十来首诗,那基本是在杭州诗院的公众号里,一起写过同题诗,当我读到本书中的《江畔》《雪后广福寺》等诗时,就会想起朋友们在一起的某个场景,这为我的阅读也提供了某一种捷径。

以写寺庙的诗为例,老实说这样的诗实在是太难写了,因为在我们看来,雪后的寺庙可能也是红尘滚滚的一种。白居易、苏东坡这样的诗人是因为在寺庙里有朋友,他们都有向佛之心,所以写出来的诗能有些禅味。很客观地说,小末的那些同题诗写得都在 80 分左右,这是我主观的一个分数。

诗人写同题诗的一个好处是，大家都会比较在意，会比较认真，也会去寻找差异。但是我又会这样去想，如果10个诗人，平时是经常玩在一起的，意气相投，做个游戏，每人拿出10首诗来，然后把这100首诗打乱，抹去作者的名字，有可能会让总量一半的诗"无人认领"，当然这仅仅是我的一个猜测。我想表达的意思是，读一首诗和读一本诗集是不一样的，读一首诗，我是会带着赞赏的目光的；而一本诗集或一百首左右的诗，虽然是乱花渐欲迷人眼，但读着读着也是会产生某些审美疲劳的，这个时候就不是环肥燕瘦各有所好了，而是带着挑剔的眼光，正如我们今天会挑剔胡适他们当年的新诗一样，这不是不敬，而是时代在进步，审美在群雄逐鹿又分崩离析，横看成岭侧成峰了。如果在这个问题上再把自己逼一逼，那就可显出每个人在诗学观上的南辕北辙。

比如胡适他们是从古诗词中挣脱出来的，所以对于他们这一辈来说，是如何放"小脚"的问题，是如何让新诗从古体诗中解放出来。而1949年后一辈的诗人，多是从新诗或非韵文中汲取营养的，当然也有从古诗词，更多的是从译诗中，这个时候小脚似乎早就放开，一起步就可以抢跑道了，但每个人的跑姿却是不同的，有人是中规中矩的，有人是阿甘自创式的，有的一下子也看不出是从哪个山头上下来的，有的时候根本就来不及所谓的推或是敲了，有人甚至说只要会分行，那就是诗人了。

3

直到写这篇文字之时，我还不知道张小末这个笔名的由来，因为她听上去有点像真名，可以假乱真了，她不像我多年前的一个笔名"蓝末水"，人家一听就朝"蓝墨水"方向去想了，其实我的本意并非如此，但这么多年我也没有阐述过那三个字的含义，也许以后会，也许永远不会了。读小末的几则简短的文字，知道她是把职业和写诗分得蛮灵清的，这是我认为蛮理智的做法，同时也不失为一种隐忍的方式，请注意，以"隐"作为字根的词语，在这本诗集中就有不少，如"羞"，如"虚"，像"隐喻"一词至少出现了五次，这可能跟诗集的书名不无关系,也跟写作者的习惯不无关系,而且这样的习惯有时自己是不会意识到的,有的可能自己也知道,比如"中年"一词。

好了,接下去我要引诗了,否则好像不像是在给诗人写文字了,但我不会多引,我先只引这几句吧,这是小末在《偏爱》一诗中的,我理解成是这本"修辞学"的总纲,那是应该得到我们的偏爱的——

　　　　我偏爱欢愉
　　　　寂静
　　　　又细小

　　　　我偏爱的多数
　　　　它们都是小的、安静的
　　　　只在生活的另一面
　　　　轻轻闪光

这几句应该是解读小末诗歌的一把钥匙。从形式上说,都是一些短诗,二十行左右,一气呵成,也多有三行或两行一小节的,前面三四节慢慢铺下来,最后一节来个反转,有时处理得恰到好处、妙不可言,也有的颇为勉强,即铺是铺得很好,但最后的转总还差那么一点点,比如《个人史》中,"你吻过的左耳是旧的",这简直是神来之笔,到最后一节"但是还有爱啊"感觉就推不上去,用具象书写抽象,用抽象概括具象,这讲讲都是知道的,但问题是这"爱"放在这里就颇为尴尬了,大道简言,朴实无华,这其实是最难的,难就难在诗人想构成一种转折关系——

　　　　衣服是旧的
　　　　化妆品是旧的
　　　　桌上的苹果是旧的

名字是旧的
身份是旧的
你吻过的左耳是旧的

读的书是旧的
写下的句子是旧的
说过的话是旧的

但还有爱啊
正在悄悄赶来
那窗外的合欢
每年都开出新鲜的花

相比于《个人史》，我更喜欢《超级慢递》——

我们说好，不说柴米油盐
不说一地鸡毛和那些细小的忧伤

我们说好，只说明亮的时光
深蓝色的湖泊，戈瓦斯格的情歌
让我半天回不过神

说说寒夜，一杯温暖的酒
我的脸，就会像湖边盛开的格桑花
然后，我就给你写一封信

或许半年，或许一载
或许收到了，或许就埋没于

厚厚的积雪中

就像你我，或许永不相逢

　　除了格桑花一词，我几乎挑不出毛病。有时就是这样，某个很危险的词，一弄不好就会坏了整首诗。真的，千万要慎用习惯用语，甚至是四字句，比如——

让我们在幽暗与光亮交叠的世界里

用彼此的耳朵，手指，唇舌

相濡以沫

　　这里的"相濡以沫"就囚禁了"耳朵，手指，唇舌"本身，但不是说不可以，我只是说要警惕四字句和成语一类的。语不惊人死不休，要把诗写得像诗，一开始总是要有点作的，但这个作是不要在鸡汤中再提取什么鸡精。

　　小末的大多数诗，都是具有自省意识的，有时只是太过"匆匆"，特别是一些游历式的以"记"为名的诗，偏于流水，波澜甚少，写陕西西北的一组，如放在一般的可供发表的刊物上，绝对没有问题，但是我以为这并不是小末的佳作，只能算是尝试，当然你也可以反驳我说小末为什么不可以金戈铁马，我没有说不可以，只是说要提防着什么，楼上王先生可以唱信天游，我们听听就听听吧，但千万不要以为自己也可以唱的。

　　最后我们来说修辞学，这里要注意两个话题，一是什么叫修辞学，二是当代诗歌该有怎样的修辞，或者说是不是已有过度的修辞。我在这篇短文中自然不会展开这两个话题，我只是想说一点小末诗歌中的引用，是的，引用。

　　我认为引用也是一种修辞，在小末的大约五分之一的诗中，喜用引号引一句或两句诗。有的注明了，如是辛斯波卡的；有的没有注明；有的我看就是她自己的，是为了语势和效果，她必须要这样使用，对此我也不做过多的评论。但是就像我有一种所谓的自觉一样，我要给诗人写短文或者写评论文字，我就警告自己不要老引人家的诗句，不过这也无可厚非，只是说这是当下诗人的一种写法而已，最初可能是一种致敬的方式。

4

　　我真实的看法是，小末写自己个人处境的诗最好，比游历好，比写家乡写大海都好，换句话说，当她直面自己的隐忍和困境，当这样的"小"被细心抒写之后，这才是小末特有的，这样的诗有《人间》《初夏即景》《搬家记》《夜聊记》《樱桃》等，也不是说这些诗都无可挑剔，而是说这么庸常这么难写的诗她都能写好，这说明什么呢？反之，也可能因为有了一点点的熟悉，小末写饮酒一类的，哪怕是一句带过，这个酒她其实是没有真正地喝，因为一个女生或一位女士总有千百种理由不喝酒，而一旦真正喝了，这酒也是写不好的，真的，为什么古诗中的饮酒能写好，这一百年来我们中国诗人喝了多少酒呀，但这个酒是做不到唯有饮者留其名的。当年刘大白也写过醉酒，那是血花都要喷出来了，但今天还有多少人记得呢？

　　从这个意义上说，这中国新诗一百年的历程，无论生活还是修辞学本身，生活的修辞学发生了多大的变化啊，可是我们的诗变化得还是不够大，胡适他们在一百年前就知道自己要干些什么，但我们今天的诗人可能并没意识到为何写作以及写作何为。这是我寄希望于小末这一代新荷们的，愿他们有更多的尝试，愿他们能从自己的小河出发，奔向大海，因为这才是他们的远方，正如小末所写的——

　　　　她要去的远方
　　　　像一个隐喻
　　　　压在生活的底部，从未抵达
　　　　一个怀抱浮木的人，河流越来越窄
　　　　疼痛和美，都已不可磨灭

　　　　　　　　　　　　　　孙昌建
　　　　　　　　　　　　　　2019 年 3 月 21 日春分改定

目　录

第二辑　生活的修辞学

第三辑　奔　赴

第一辑

潘多拉

情话亦如挽词
尘埃遍地——
她的冲突来自内部

——《虚拟之美》

偏　爱

我偏爱风
我偏爱蓝色
我偏爱长夜尽头微光闪烁
你的手指战栗
又沉默

我偏爱美,也偏爱阴影
我偏爱湖水荡漾
但不出声
我偏爱欢愉
寂静
又细小

啊,并没有什么
可以例外
我偏爱的多数
它们都是小的、安静的
只在生活的另一面
轻轻闪光

个人史

衣服是旧的
化妆品是旧的
桌上的苹果是旧的

名字是旧的
身份是旧的
你吻过的左耳是旧的

读的书是旧的
写下的句子是旧的
说过的话是旧的

但还有爱啊
正在悄悄赶来
那窗外的合欢
每年都开出新鲜的花

春　天

她喜欢明媚的午后
迎春、玉兰、樱花、梨花，渐次都开了
酿造一场集体的香甜

春风那么暖
她微微低头
心里有不易察觉的羞涩

她爱白色蕾丝，多于旗袍和性感
她的锁骨清瘦，有让人轻咬的欲望

哦，暂时放弃那些代名词吧
女儿、妻子、母亲……
都已经是春天了
在纸上筑梦

在隐秘的内部虚构一条绿色的小径
像一枚浆果一样，献出饱满与热爱

春　眠

想念一个人
他的左手有万顷月光，右手
握着缰绳

他赠我马匹、粮食
静谧的湖泊
一生中，余下的热爱和后悔

山有木，树有枝
鸟雀投下阴影的翅膀
在夜里，他有豹子一样的孤独

"心悦君兮君不知"
春夜沉沉啊
此时，我若不醒来
他就永存

春光旧

湖畔长廊里
紫藤花谢了
在夜晚，只有风在吹
我们甚至来不及说出什么
关于紫藤花的交谈
像一个永久的秘密
被锁进春色里
年年如此
春色明媚却稍纵即逝
我只是，空有一番飞翔之意

来日方长

某年春天,你说来日方长
这是多么诱人的词语啊

让我此后,安于容颜陈旧
安于身体被时间慢慢磨损
安于一些滚烫热烈的句子不再跳动

许多个春天过去
许多花儿不再开了
许多宁静的秩序成了碎片

可是来日方长啊
一想到此,我就愿意和这世上诸多隐秘的孤独
一个人心头的积雪,身旁的厚厚灰烬
友好地度过余生

某年某月

在日落后
在日落后的黄昏
在黄昏后漫长的夜晚
在漫长的夜晚失眠之后
我都不想再等了

春风将吹散旧事
也将带着我,向你飞奔去

不可拨动我内心的火焰

春渐深
花朵在枝头奋不顾身
鸟儿和虫子大声鸣叫
阳光雨水皆充沛
山色青翠,坟茔隐于深处
万物都有一颗明亮的心
此刻
不可伤别离
不可悲旧事
不可为人间的烦恼所扰
更不可拨动我内心的火焰

江畔寻花

风吹花田
菜花黄,豌豆花跃跃欲飞
紫云英在草叶间羞红了脸

芦苇、蒲公英、马兰头、水芹菜
纤细的阿拉伯婆婆纳,四月江畔
春水酝酿着一次相遇

穿朴素的蓝裙子,白球鞋
去看朴素的花草,要从田垄间走过
要挽一个竹篮子

低眉摘花,抬头微笑
丢掉从俗的表情
用新的构图定格一段春风

"陌上花开,可缓缓归矣"
给你看从前的自己
江水清澈,我也清澈

江畔，致一次相逢

她顺从安静
腰肢柔软。多么快
春风又绿了两岸——

流水至此：清澈、偶有波澜
水与水相融
当现实的泥沙被冲洗干净
一叶孤舟兀自横着

此刻春阳正好
她描述着老去后的归隐之所
某个农舍或田园
在即将转折之处，她藏起了
热烈和孤独

多么快。沿着一条江的流向
春风亦远去

每个凌乱的春天里
都有一场无法辨认的奔赴
而岸上的野花,正开得没心没肺

人间事

雨落在花瓣上
迎春、辛夷、红叶李，远处山谷里
云雾一般的山樱花

如梦幻泡影。在春天
她们笑容甜美
那微弱的香气和细小的锯齿
曾停留在衣袖上
也曾被歌颂

之后，包括她的祈祷
渴望被宽恕的，人间诸事
默默发酵
与她们一样
死亡、腐烂，落于土中

风吹过来，春光年复一年

插花说

换上清水,擦洗陶制的花瓶
插入一个个好听的名字
百合、桔梗、康乃馨、绿菊、勿忘我、情人草、满天星
……

有的盛开
有的露出羞涩的颜
有的正紧闭心事,来不及抬头

我倾注了所有的温柔
为她们剪去多余的枝叶,修整有序

窗外有雨淅沥而下
泥土里有虫子在低声鸣叫
第二天,露水开遍田野

偶尔,我也愿意留着旁逸斜出的枝条
仿佛在柴米生活里,认出另一个自己

忽一日

大雨至。窗外的凌霄花渐渐
失去颜色
煮白粥,炒鸡蛋,尝试往平庸的日子里
加盐或者糖。读书,保留对这世界的愤怒
和偏见
挤出可怜的时间遥想远方
此刻某地,油菜花金黄炫目
春天尚未离开
像她嘴里新鲜的杨梅
暮色里,那一点点酸味让她动心

傍　晚

夏日薄暮。我在厨房
擦洗玻璃瓶,修剪两枝粉色玫瑰

点火,焖米饭。蔬菜在锅子里跳舞
粮食散发着淡淡的香味

在夕阳的余光里,看你的消息
要承认,前一刻切着洋葱的我
还在为昨日之事沮丧

人间烟火,多美好的傍晚。我想要的爱
他在回来的路上

流水之意

山谷里,溪水有饱满的情欲
鸟鸣婉转而起
水面漂浮着白色的樱花

春风沉醉之时
不必急于流向远方
落花有意,而流水将停留在此

一种白覆盖另一种白
在水边,我也会变得透明而洁净

"看不见的事物哗哗流逝"*
顺水而去的
不是落花
不是无法握住的水滴
不是我……

* 出自叶丽隽诗句。

写封信给你

江南连续低温,夜晚漫长
适合饮黄酒,煲羊肉汤
把小麦粉丢进面包机,让它慢慢发酵
变成一团金黄色的云
梅枝插进空酒瓶,一夜间
"新蕊开数朵"
我给你写信,用旧年的宣纸
等雪落满窗外的玉兰树
等无辜的白,覆盖我们墨色斑驳的生活

夜听古琴记

温柔时,这是女人的身体
春江花月
曲线流水,悱恻缠绵

激烈时,这是男人的剑
十面埋伏
藏鞘于身,隐忍而未发

现在,这是我一个人的疆域
策马夜奔
穿红衣,去远方

风吹荒野
也吹白月光

潘多拉

她曾深夜无眠
她曾为某一人哭泣
而深深怀念
她曾隔着人群
与你遥遥相望,像一个温顺的妇人
垂首微笑
她曾一再触摸锁骨间
的珍珠项链,小巧
圆满,张着一双银色的小翅膀
潘多拉。像她带着小秘密
在这世界走动
茫然四顾而无言
而恐惧和黑暗
美玉和泥沙
都曾先后抵达——

虚拟之美

欲寄彩笺兼尺素

作为一个礼物,被赠送
他赐予生命、果腹之物
也赐予美和欲望
享用这世界的甜与苦
当一个盒子被打开
秩序的版图充满好奇和矛盾
拥有一切天赋
亦耽于虚拟之美
那么,摁住那些尖锐之物吧
我们寻找的和遗失的
忏悔或者怀念
情话亦如挽词
尘埃遍地——
她的冲突来自内部

湖　边

一年前的某个春夜

我们吃晚餐

喝黄酒一小瓶

微醺时，路过湖边

夜骑的年轻男子

笑声喧哗，眼里星光闪烁

身上是新鲜的荷尔蒙

你的往事和远方，也新鲜得

触手可及

"再停留片刻，我们便散去"

这庸常的春末

我们凝视着湖泊

也凝视过深渊——

蓝

一种蓝在深海叹息
一种蓝悬于明亮之处
一种蓝羞涩,但坚定地靠近了风

一种蓝沉醉于一场小小的
虚构的甜蜜
一种蓝剥落自己
鲜艳的汁水令人着迷

一种蓝奔跑,一种蓝静默
一种蓝狠狠扔出自己
但夜色合拢的时候,你看不见
她缓慢的悲伤

一种蓝抱紧另一种蓝

春夜过杨公堤

从玉古路至杨公堤
翻过两座桥
在花圃门前掉头。独自走
来回走
上弦月悬于树影之间
夹道旁,美人梅与紫叶李盛开着
风是飞来飞去的鸟
衔着悬铃木黑色的果实
这是悲伤的一天
写"群峰之上正在夏天"的诗人走了
一位声名清白的编辑走了
我去找两年前的某个地方而不遇
时间跑过我们,停留于平静的湖面
许多次,我们说到了虚无
也说到了热爱
一颗不死的心,漫长的自我说服
欢喜和忧伤都那么隐秘
唯有一树玉兰,在暗夜里
白,又惊心动魄——

无法抵达

允许慢

允许一字一句地写着

含蓄的情话

允许书笺压进泛黄的纸页

由着尘埃慢慢落下

允许一束光穿过黑夜,用有限的亮度

打开她

允许这滚烫的情谊

将在此后的年月

逐渐变凉

变稀薄

允许光阴虚度

允许她总是遥想

那最好的爱情,都在远方

要给我黑，以及白

雨珠从屋檐滚落
鱼在水缸里呼吸
世界动荡的声音也无非如此

亲爱的,要给我黑
以及白
让我们在幽暗与光亮交叠的世界里
用彼此的耳朵、手指、唇舌
相濡以沫

一个失明者的眼底
藏着比墨更深的黑夜
而在心头种植着明晃晃的月光

古镇逢雨

一场痛快的雨
和着戏台上的鼓点和琴声
女子的唱腔里
一点点欣喜，一点点不安
和雨水一起瓢泼而下
灰色调的周末
一个天井，撑出一小块四方的天空
她女扮男装救情人
她在古镇避雨
她跟着她，犹疑、猜测、沉醉
又自我安慰
情到深处，允许眼泪在一个陌生地
认真地流
关于另一人
不确定的爱被反复演出

在隔尘居仰望星空

当一切静止
流年远去,越音婉转于夜色
车马的速度亦回到从前

星辰散落。这偶然的桃源
令我们欣喜,苇草上微茫闪烁
沉默有更深刻的美

隔尘和归云,远离或者归去
在此地应藏起不甘的心
他递来的灯火里,已填满昨日的缝隙

如果能够指认,这遥远苍穹的眼睛
当我们仰望,恰似某条返回之路
而灵魂朴素如青梅之核——

散步记

这里的黑夜,来得太慢了
我们沿着黄土飞扬的岔路来回走

废弃的黄土堆,我们猜测曾是旧时城墙
废弃的游乐场,还停留着孩子的笑闹声

我们又走到堤坝上
一条河流在夜里泛着光

但黑夜,未免来得太慢了
月亮还未升起

当我们说完了所有的话
当此刻,天上的星星彼此照亮

我低头,将那些美好的词语
又想了一遍

一次冒险的叙述

辗转。已被耽搁太久
远道而来的我们
春夜沉沉,两颗遥远的星星
正彼此呼应
似故人,如此熟稔

允许我暂别
那流离的过去,从不曾倾诉的幽闭和不安
以及,突如其来的中年
华丽之下底色黯淡
关于生活本身
总是暗藏着美丽而危险的定律

"春光越美越杀人……"
白天的句子
正进行一次冒险的叙述,而那些词语
战栗着
点亮了短暂的微茫——

超级慢递

我们说好,不说柴米油盐
不说一地鸡毛和那些细小的忧伤

我们说好,只说明亮的时光
深蓝色的湖泊,戈瓦斯格的情歌
让我半天回不过神

说说寒夜,一杯温暖的酒
我的脸,就会像湖边盛开的格桑花
然后,我就给你写一封信

或许半年,或许一载
或许收到了,或许就埋没于
厚厚的积雪中
就像你我,或许永不相逢

无地自容

此地,不适合抒情
不适合婉约地表达你的温柔
我厌倦被过度修饰的人间,也厌倦自己不断加高的堤坝
刻意疏离不若此刻畅快淋漓
且让这粗粝的风,刮走摇摇晃晃的自己
且让一曲摇滚,击碎杯中浮冰
我盯着微微发烫的手机屏幕,"曾感到过寂寞,也曾被别人冷落"
……
但我不说,一个空有追逐之意的人
内心是羞愧的

临别辞

天色尚浅
这一路跋山涉水,往西,往北
飞抵三万英尺的高空
这一路饮酒,歌唱,写无用之字
说俗世之外的傻话
沙粒滚烫,那要命的月亮还悬在半空
请用陌生的怀抱
拯救一颗中年平庸的心。江湖冷暖
告别时要轻一点,再轻一点
此后天涯,相逢之日遥遥无期

曲有误

鼓点密集。她的声音里
有太多不甘心
古戏台上,生与旦粉墨登场
救情郎的人
千里迢迢探望妻子的人
低声哼曲的人
心不在焉鼓掌的人
相隔几千年
那些在爱情里的人,并没有
什么不同
反复被提及的名字,余生里
潦草地重逢又失散
铜水缸内,睡莲开出今夏第一朵花
雨突然变大。最后一丝弦音
像女人的哭泣
狭窄的天井,摁住了她心口
就要飞出的名字

伞·白蛇传

光阴恨短。如果没有她递来的伞
那么相逢是什么？
山水是孤独的，草木是孤独的
一个人遇见另一个人之前
是破碎的

时间的幽光里，她独自度过：
自我修炼，模仿着世间女子曼妙的姿态
一步步地走，一步步回头
左顾是烟火人间
右看是谁眼里的情深无限

但须克制，这善意的告诫
她打开。在一场滂沱的雨水里
当桥上的人离去
一把伞，替胆怯的人们
说出故事的结尾：

那美丽的皮囊，欲望灼热

而爱总是来得太迟
那么请让我
在一个虚构的人物里指认自己
哀伤冰凉如雨水——

扇·梁祝

十八里山水遥迢。那一把折扇
宛如轻舟随你远渡

楼台重重譬如关山，读书、习字
同窗三长载，当她的身体觉醒

犹如一道风景。最初的鸟鸣
唤醒了那些隐秘的汹涌

长亭更短亭，折扇打开
春日的山水清秀

折扇合拢，雨纷纷
草木香气殆尽。一只蝴蝶飞过沧海

锦书成灰，打翻的墨水已凝固
日夜相守，但有什么可永恒？

必然是离别，必然是比离别

更决绝的:生与死,两茫茫

那么纵身一跃,这破败的
身体,这残缺的高台

他最后的血和泪
来自蝴蝶翅羽的喑咽

锦衣·碧玉簪

锦衣隐于夜色。而他的怀疑
是一颗讽刺的明珠
闪烁在凤冠中间

活着、给予,怯懦而温顺
这被赞扬的美德,此刻是一枚针
挑破了稀薄的真相

这矛盾的人世,我们歌颂的
背叛的,不过是一枚小小的簪子
世事轻如尘埃

如果可以舍弃,他的羞愧
他奉上的美意多么虚无
被遗忘的身体,黯淡于谁的双眼?

那么披上这锦衣,犹如爱情本身
沉溺于虚幻的美
且归去。在剩余的梦境里
余生短暂,光阴似鸟——

赞美诗

威士忌冰凉

而你的手心温热

夏夜微风低吹,乐队歌声动人

而你的笑容温润

即使没有星月悬于夜空

即使故人旧事

已纷纷如落叶散去

即使我亦知晓

我们欢聚

"余生不再丰润"

但此刻,风吹过乱发

也吹过灯影下你赐予的翅膀

你这样到来

我这样微笑

第二辑

生活的修辞学

当我们说出，这生活的破绽之处
曾有过的迟疑
而窗外，春天再次到来

——《搬家记》

人　间

母亲丰腴,乳房饱满
父亲瘦削而寡言
妹妹才五岁,圆圆脸
大眼睛
天井里的水缸,有鱼在游
天气将热未热,有风在吹
晾衣绳上飞着蓝裙子
放学归来,她缠着你玩
唱童瑶,讲故事
一遍一遍
你们晚餐,有时豆腐与白菜
有时咸鱼蒸肉饼
你咀嚼着米饭的甜味
这人间,是最初爱过的模样

樱　桃

七岁。她小小的身子
微红的脸,鞋子沾着一点泥
她的旧棉袄
袖子口露出了棉絮,雪一样白

十九岁。她提着两袋行李
羞涩地站在大学门口
寝室里的女孩谈论明星和流行品牌
她在公共浴室无所适从,犹豫着
打了水回到宿舍

二十八岁。她给刚出生的孩子哺乳
盘子里放着樱桃
这酸酸的,来不及熟透的果实。那么小
像多年前
她曾在浴室紧紧捂着的身体

春 天

沿海公路上,桃花初开
紫色玉兰,已举起神的高脚杯

阳光照耀这春天的词语
孩子们的气球,正飞往广场上空

路过的人脸色甜蜜
"那么开始吧,关于明天",他们交谈
仿佛被巨大的喜悦包围

而远方传来消息
雪还在下,"星辰埋在河边"——

一首诗尚未完成
一些悲伤,尚滞留人间

在雨水里，一切都是新鲜的

一滴雨水唤醒的知觉
小虫子飞舞着
土地湿润
玉米,黄瓜,还未变红的番茄
集体散发着青涩的香气
无人经过的小径,一切都安静有序
远处的炊烟
渐渐隐没于草木之外
在雨水里,一切都是新鲜的
生长多于死亡
而我们乐于忘却和原谅

初夏即景

现在,无人经过的野外小径
绿肥红瘦
农妇在侍弄镰刀
玉米、黄瓜、番茄……农作物们都紧紧挨在一起
安静地交谈
草叶间香气青涩
像极了某年,妹妹刚洗过头发
被微小的风吹着
她说起喜欢的男生,空气里无端泛着甜

食梅记

起初是，贪恋它的甜
我们在郊游途中分食一袋话梅，裹满了糖霜
小小的形状，像十五岁的我们
眉眼青涩，嗜甜……

还有太多来不及品尝
我去往陌生之地，习惯百味杂陈
你在原地，嫁人、生女
某一天，毫无征兆就失去亲密的乳房

舌头藏着苦味
我嗜好各类酸涩的梅子，是以泡茶
祛除白水般寡淡的生活

在甜之后，我做好了准备：
梅子从树上坠落
谁都无法拒绝

生活的修辞学

樱花开了两茬
垂丝海棠在雨里渐渐落尽
现在是杜鹃和油菜花

春色无边无际哪
小镇四月。花草每年都是新的
犹记得，那年春天
我站在一丛花旁，笑容肆无忌惮

不要忍着。要开
就要热烈，就要忘我
趁年华尚早，岁月虚妄

而生活的修辞学，那么快
就翻到了新的一页

暑热记

酷热,忌生冷、宜淡薄,食莲子、绿豆
用清凉的词逼出阴影
修辞的美学
不过是自我抚慰罢了

孤月悬于半空
山间餐馆,有人醉于夜色
多少欲语还休,在此刻
是恰当的

而谁掌握了变幻之术
大风旋即呼啸于屋宇之上
枝叶难逃流离
当一个花盆坠落

她提前听到了声音
"有多少美,就有多少破碎"
而终于如释重负

流　水

那些水
那些水,清澈的、跳跃的、轻盈的……

无一例外。从高处而来
用奋不顾身的姿态,将清凉的身躯
投入溪坑、河道,以及
任何一个容器

在峡谷里,我将一捧水
兜起,又放下
她跌落,她粉碎
她将继续经历更多冲刷
那些水
互相挤压,分道扬镳。而后

她是重的
浑浊的
她的腹部结实,平缓地流淌

她要去的远方
像一个隐喻
压在生活的底部,从未抵达

遇瀑记

她惯于粉身碎骨
而我总是却步不前

许多次,在永泰,在诸暨,在临安
在每一座深山
在每一条来自深山的瀑布面前
我是羞愧的

经过沿途的崎岖之后
像一个惊叹号,狠狠地摔下去
抛出洁白的身子
我想起了那个诀别的女子,也是如此奋然一跃

无数只白色蝴蝶飞舞着
像她最后的质疑
此后,将允许那些惊奇的目光
赞叹的声音围绕她

将允许那些关于美的争论
在巨大的水声里,在尘世的低处,回荡——

夜聊记

风声拍打夜色,无月
倒春寒不能掩盖蜂蜜柚子茶的温度

西维的话里有火苗和刀锋
海蛟温和,而我沉默
她的真实令我在灯火下
几次羞愧

平静和汹涌,秩序和碎片
矛盾者在现世安稳共处
一些细节在浮现,何以怀念?
似麻布,满是折痕;也似流水,一去不返

这些年,我羞于承认
也耻于倾诉:
一个怀抱浮木的人,河流越来越窄
疼痛和美,都已不可磨灭

冬日养花记

逼仄之处。先是风信子
后是蜡梅、水仙、玫瑰、蝴蝶兰
长相类似的多肉

花鸟市场买的
花园里偷偷摘的
都不声不响
自顾自热闹地开啊,长啊

屋外大风凛冽
雪很快覆盖了一切。而冬日是适合重生的
我扶着一枝弯了腰的风信子
似在夹缝里
扶着一颗软弱的心

当年明月在

昨日已去。那转动的齿轮
在身体某一处
他们互相咬合,如今渐渐生锈
脱落,像我们的爱情
在日夜交替中,屈从于房价、疾病
和黯淡的中年
相忘于江湖吗?
那些爱过的事物,多么单薄
当年的明月
曾照亮过我的左脸
也曾令我在黑夜里长久地仰望
这冷峻的光。我该如何缓慢地
递上颤抖的双唇?

搬家记

压在箱底的衣物
书柜上久未打开的书
柴米油盐,两个日益笨重的身体
都被重新整理
即将去往一个全新之地

我们带走了什么
愿意奔赴未知之境的决心? 那些
积压于体内的尘埃
将被清扫干净
被搬动的过去,也包括我自己

当我们说出,这生活的破绽之处
曾有过的迟疑
而窗外,春天再次到来
活着和死去
"终将如流水一去千里"——

夜晚来临

匆匆走出写字楼
匆匆挤上地铁
匆匆赶赴某一地
一切都那么快
夜晚来临。他们都着急地
寻找一个归宿吗
一切都那么快
他们也有突如其来的爱情吗
以至于，像我一样
将一个身影
错认成某一人

当我们说起信仰

吃螃蟹时,我们忽然说起了信仰
一个女人意外的遭遇
那些绝望定然使她
如临深渊
她抓住这个词,如同抓住浮木

我认真地对付着眼前之物
剥壳、剔肉,蘸酱油和醋
曾经横行的蟹脚
如今也都被一一拆除

像白天的诸多焦虑
暂时无解,或者永远无解
当我们说起信仰,我们到底
说起了什么?
如此刻,每拆下一只蟹脚
将获得的片刻安心

水芹菜之诗

在清晨,去买一把水芹菜
湿漉漉的植物
从春天的某处水域
来到一个狭小的水盆

择去根部,摘掉多余的叶子
泛黄的叶子
略微有些年长的叶子
剩下的,是年轻修长的茎部

一寸寸切,用油盐清炒
人间诸多味道
莫不如一盘水芹菜
味甘苦,性凉,可入药

只恨春光太短
而苍老亦不过一寸宽
在她死去时
香气曾充满小小的厨房——

烹饪之诗

鱿鱼弹牙,辣椒爽脆
半小时的文火慢炖一只鱼头
让浓厚的汤汁裹满舌尖

蔬菜清炒,只需少量盐粒调味
新鲜的海产品适合白灼
再用一支白葡萄酒,制造一次微醺

她热爱烹饪。去菜市选购食材
在狭小的厨房挥舞着锅铲
油盐酱醋任由她支配

翻炒,煎炸,热与冷交融
抵死纠缠
忧伤在装盘时突如其来

这些年,她烹饪美食
无数次想象自己,像变红的虾子
试图跳出油锅。但最后
她只是弯下腰,轻轻地哭了一会

赏荷记

雨水从晚唐滴落
香气消逝。我们剥着新鲜的莲蓬

这清甜顺从之物,保留她白而饱满的颗粒
再试图抽出她苦闷的芯

怀念一枝荷花的前世
与今生。水阁前碧色翻涌

但湖水静谧,花朵盛开
她淤泥里的洁白暗藏复杂的沉默

当她暮年的面孔枯败,她的骨头
继续高举。像一个未完待续的结尾

因为不甘,听雨的人提前收藏了
她的美,也收藏了死亡

微醺记

木叶盏,花口台盏……
酒器精致,与窗外墨色的天
构成一个夏夜的古典

饮酒,流香。我喜欢她蜜色的流淌
喜欢她纤细的香气
灯火之下,那握着杯盏的指节温热

月色入怀。琴声清冷忽又激越
当年明月照人还
那吟哦之人,可听见我们的内心
倾斜已越来越深?

总是如此。那些不可饶恕的美
我们在清醒之时
远离。在微醺之时怀念——

月下述怀记，兼致诸友人

月色明净。曲声亦明净
湛碧楼，九曲桥，谁的面孔如此动人

啤酒冰凉，手心温润
风灌满了湖面，黄梅戏和摇滚一样滚烫

允许我说一些傻话，允许彼此拥抱
神情天真，拘谨又热烈

这些年，我厌倦的部分不断加深
而被辜负的，恰如今晚月光
遥远并无法触及

圆满之外总有荒凉
荷花满池，我握着的那支却还未开
我热爱的正默默凋谢

雪后广福寺

砖红的墙,明黄的瓦
青灰色的天,鸟雀从某一侧飞起
在雪后,广福寺大门紧闭
不见僧众和香火

而我们突然造访,在寺院内
谈论人间和爱
选某个喜欢的角度拍照
惊讶于一场大雪所覆盖的美

莲花柱、瓷水缸,屋檐下
一排排沉默的冰凌
那些积满白雪的事物
雪地里黑色的脚印,将很快被替代
"某处群山,雪意空旷"
"正如我羞于提起的欲望"……

当我们转身,一尊巨大的佛像
侧卧在荒废的屋顶之上

"美是矛盾的"——
他看见信众如何虔诚地进入
也看见寺院外
绕城高速尘埃飞舞,人间事纷纷落幕

虚拟之光

在少年瘦削的背影里
她是忧伤

在失意者的杯子里
她是一个人的狂欢和呓语

在更多人的心头
她是团圆，故乡，未长大的孩子
圣洁而美好的女人
……

但她从来不是自己
一个依赖其他物质传递虚拟之光的星球
在既定的轨道里独自旋转

偶尔有人造访
偶尔偏离
但很快，她又把自己搬回轨道之中

这是个孤独的隐喻
因为寒冷,我们借助虚拟之光
熬过了
人间细小而微苦的绝望

将饮茶

后来,我们将酒杯换成了茶盏
后来,饮茶的速度慢了下来
宴席散尽
夜色覆盖之处,楼宇灯火闪亮
有人指点江山,今夜酣畅淋漓
有人为一地鸡毛的生活买单
有人谈论诗歌,忆及青春
那充满了荷尔蒙的身体,此后被磨损
被消耗。如这深夜的茶
蜷曲成一片卑微的叶子

中　年

于是,她忍住了那些
未曾说出的……

酒杯倾斜,红色液体晃动
玻璃在轻轻碰撞
声音清脆。如此刻
双手相握
因欢聚的名义而灼热

她的山水平静。无非是一种孤独
遇见了另一种孤独
无非是她筑起堤坝,用杯中残酒
消解这平庸的中年

那么,所有辛辣的、甜美的
都一起进入吧
只是一小口,她脸颊微红
直到夜色降临
直到那微微的光,照亮了她

春夜饮酒记

流水在身边,明月悬于山间
要大口饮酒
才能抵过这深夜的寒意

想起某夜良辰,亦有人劝饮
多少热切之意
多少欲语还休
春风沉醉之时,杯中的酒还留着余温

不敢一饮而尽
不敢一醉方休
我那么怯懦,不过在春天到来之前
一再握紧了杯子

残缺之诗

他到底是木头还是佛陀？
荒草堆里
面容安详，嘴角是神秘的微笑
尚未镀上金身

而他确实是残缺的
某个部位因为意外而不再具备
成为佛的可能

浊世红尘，人人都道这是一场修行
人人都扮演哲学家
接受平庸的教育

只是，我愤怒的时候
经常想起他
一个被废弃的佛像

因为残缺
他徒有佛的样貌
而失去了应有的供奉

琴

那些呜咽的句子
常常在深夜穿过黑色而来
松散的弦被拧紧、调试,如此反复多次
琴弓贴合弧度
曲调渐成
想起村里那个叫琴的女子
幼年丧父,姊妹众多
嫁给一个木匠
无子,被殴打多次
她从未听过
流畅而动人的琴声
她的弦,断于几年前的一个黄昏

蝉　鸣

蝉在叫。这夏天的火焰
冷气房里，女人们喝茶
聊不断攀升的房价，而经济多么不景气
商场里又一个品牌撤柜
新上映的电影，主演是当年看着出道的
小男孩
青春期的女儿，昨晚关着门发微信
丈夫回家时眼神疲惫
与日剧里的中年男子并无不同
以及渐渐少了的房事。她们
突然压低的声音
如同蛋糕上泡沫般的奶油
甜味逐渐寡淡，与普洱交织
构成了生活的另一部分
某个片刻，她想杀死那只聒噪的蝉

空椅子

黑白照片里布满阴影
一把无人光临的
空椅子
表面粗糙,椅背扭曲
伤痕正大行其道
她装过的身体去了另一个地方
她制造过的欢乐已落满灰尘
小区里,那个暮年的女人
也如此
倾斜、松弛,摇摇晃晃
走在剩余的时间里
她不再羞涩,不再恍惚
也不再勉强自己

游乐场

木马、过山车、摩天轮
一切制造过梦境的东西
都静止了

事实上,唯有流萤提着灯火飞舞
青草高过月亮

"时间将永远凝固在瞬间"
她看着照片,想起那些自我废弃的部分

光芒后的阴影,灰烬里的余温
诗与远方
一个遥不可及的人

曾在时间里闪烁的光亮
又被时间消弭
出现,但消失——

墓　地

四月山野,茅草锋利
当我们抵达山的腹部
一个低矮的圆土丘
浮现在春天的尾声

没有碑文
没有任何供奉
似乎她在人间走失
又继续在另一个世界
身份模糊

她荒废着
但蝴蝶带来了春天
去年的黄土之下
映山红开出了第一朵花

花　儿

双肩狭窄，一支细长的女式烟
正画出烟圈
她蜷缩在美容院的沙发里
这是某年冬天
镂空的毛衣内隐约可见黑色文胸
紧身的黑色七分裤下是一双
纤细的脚踝
她说着另一人的事
恋爱、怀孕、堕胎……
也说着自己的事
客人、小费、宿醉……
眼神飘向化妆镜，明亮的玻璃里
一张略显苍白的脸，黑眼圈以及
浓浓的倦意
如一部落入俗套的电影
那个男人最终选择了逃避
她掐灭烟蒂
吐出一句脏话后
突然像一只受惊的小动物
无力地缩回沙发内——

城中村

蔬菜铺、水果店、肉铺、卤味店
兰州拉面、沙县小吃、包子铺
五金店、药房、修锁铺、打金店
一条狭窄的街道
轻易地贯穿了我们生活的全部

简易的出租屋内
每　个深夜
曾分泌出大量荷尔蒙
而每一个白天,都输送过廉价的劳动力

现在,卷帘门紧锁
出租屋内的人
一些去往另一个城市
另谋出路
另一些则重回故土,再事农活

有趣的是,一个曾经容纳过我们
肠胃的地方

最终像一条盲肠
在引发某次疼痛之后
将被手术,而永远消失……

绿皮火车

她穿过的是地图上
米粒大小的两点之间,可能是
高山至平原
也可能是西出阳关之后的抵达

她曾穿过长夜尽头
一盏微弱的灯火
一个少年曾依赖她,寻觅过
新鲜的远方

她穿过某一节历史
隐秘的词语
现在,她停留在城市的某地
成为风景的一种

"时代的车轰轰地往前开"
她还曾轻轻穿过
某个人的一生,短暂的
沉默的
直到吐出最后一缕乳白色的尾气

塌陷的部分

"这是遗址,距今已经……"
史学家还在争论
这是一块年代久远的青石砖

无从辨认。那模糊的印记
是车辙、脚印、泥水,或者填满了
一个女人
四下无人时的低声絮语?

我只是注意到,它的某一角
不再完整
缺失的部分像一个隐喻,狠狠地
嵌入了生活,并接受了无尽的打磨

像一个女人的身体
日渐塌陷
在某一年,将突然失去重心

浮　木

开始,她以为只是一段木头
一段废弃后被踢入河道的
木头。底色陈旧
面目模糊

曾经的弧度无迹可寻
除了在河道里漂浮
沿途是新长出来的水草、岸边的柳枝
河水满满涨着
小虫子在夕光下飞舞

"但越来越重了"
有什么被卡住? 一度下沉
每个人都有无法说出的远方——

是的,在一场假想的溺水事故里
它充当了一次救世者

另一条鱼

她见过太多鱼
畅游山间溪流的鱼
囿于鱼缸供人观赏的热带鱼
菜市里,被妇人一网捞起
一刀毙命的那条鱼

太多鱼。搁浅于滩涂者
争相跃出龙门者
随波逐流奔赴未知之境者
鲜活、跳跃、洄游、死去……

还有另一条鱼
被她狠狠摁在身体里
无限次接近河流,无限次远离
她不敢惊动

冬至，兼怀故人

寒潮降临。一面蒙尘的镜子
鸟雀之声不绝于耳
从清晨开始排队,通往墓地的道路
拥挤不堪

当蜡烛点燃又熄灭
火焰冰冷。前进,退后
停在半路的灵魂
该选择飞翔或者坠落?

这一年黑夜最长之时
沉默已多于沸腾,归途漫漫
那么请允许我们,举起手中的蜜饯或烈酒
倾听这最后的预言:

冬天的海边,海水幽蓝
渔火漂浮。众神双唇紧闭
我们将看见余生,那虚无的
唯一的光——

卖鱼者

菜市最里面的鱼摊
一个圆脸圆身材的男人
左侧，五把刀，刀刃锋利而薄
右侧，磨刀石锃锃发亮

水池里，鱼头攒动
黑青色的花纹，囿于狭小的空间
梅雨季，气压沉闷

一网捞起，木槌击晕
剖肚、去鳞、削骨、片肉
手起刀落之下，突跳的挣扎
无声……

"快，一定要快"
他这样跟顾客解释，顾不得
身上溅起的水和血污

他深谙杀鱼之道
快刀断乱麻。但我心口的那一束
总是隐隐作痛

花圈铺子

一些花死去
一些花开着,永不凋谢

花圈铺子在通往菜市的街上
门帘半垂。屋外车马喧
屋内的收音机钻出了咿呀的戏曲声

纸糊的花朵,纸糊的车马
纸糊的别墅、手机、钱币,纸糊的人儿
那些未完成的
将在他的手里,逐渐圆满

而死亡应被坦然说出
譬如此刻,他们正热烈地交谈着——
如何布置一个完美的葬礼

黄金时代，兼致萧红

我们相遇在冬夜。此刻
我活在一部电影里
你活在哈尔滨冬天那厚厚的积雪上

31 年。你悔婚、私奔、怀孕、被抛弃
再次被抛弃、被扣押
再次出逃、同居、写作
……
逼仄的小旅馆里
在纸烟、文字和爱情的糅合
你小鹿般的眼睛绽放出黑亮的光彩

"在乡村，人和动物一起忙着生忙着死"
从呼兰河祖父的后花园，到哈尔滨、青岛、上海、东京、武汉
临汾、西安、香港浅水湾……
你与你的孩子
你所期望"安静地写作，平常夫妻的生活"
被命运消解于饥饿、贫穷和流亡之中

终于,"一切花朵都灭了"
你在文字里永生。我将继续
在无尽的琐碎里忙着生与死
而我们的黄金时代,曾在异乡短暂的自由里
熠熠发光

亲爱的小孩

亲爱的小孩,你从妈妈的身体里
分离出来。你曾欢闹、调皮
你曾皱眉、哭泣
你是大眼睛的,剪着短发的
偶尔胆小害怕黑夜的
一匹小马驹

亲爱的小孩,他们多么爱你
你开心可以笑,生气可以怒
痛了,放声哭一场
累了,安稳睡一觉
他们守着你,描绘一个童话王国
努力不将忧伤传染给你

亲爱的小孩,你一定听过
白雪公主和灰姑娘的继母面目可憎
不但喜欢虐待人,还有迭出的杀死人的办法
卖火柴的小女孩冻死在冬天的街头
而海的女儿丢失了爱情

青蛙王子也遭受过公主的轻视

亲爱的小孩。所以你离去
现实远比童话残忍
所有父亲和母亲都悲痛欲绝
人性和道德、法律和底线,此刻
多么脆弱和滑稽。人们除了
滔滔雄辩,又有什么值得纪念?

亲爱的小孩,你已成为天使
进入另一个虚构的国度
空气新鲜,水清澈
食物安全。至于你最爱的玩具
没有藏着有害物质

你自在生长
自由奔跑
不再担心谎言、欺骗、危险
你替我们
提前承受了不幸——

山　中

巨石盘亘。苔藓冷峻
茶树上白花如星,而香榧树果实青涩
叶与叶排列紧密
像我每日握于手心的梳子
同行之人低声絮语:
"她已一千余年,而我们只是过客"……
愈来愈重的暮色里,沿途植物
正渐渐高讨我们
一年将尽,山林中积年的沉默
在谈话声里清晰可辨
有什么在暗暗起伏?
这山中小路,又将通往何处?
当我们停留,俯视着黄昏的山谷
风正吹过。彩色烟花盛开在远处村落
人群中响起小小的惊呼
这热闹的人间,此刻漫长又短促

阳光照我

十二月的田野空无一人
麻雀在电线杆上散步
旧事在阳光下发酵

外祖母逝去多年,我想起她的次数
像这些年的哭泣
越来越少

爱过的人不知所去
如果偶然遇见,我会掉头就走
羞于让他看到一个中年妇人陈旧的容颜

读的书越来越薄
渴望的地方越来越远
胆子越来越小
在意的事物越来越狭窄

阳光照我。将所有一切大白于天下
赞美诗和诅咒同时存在

悲伤和喜悦紧紧拥抱

我爱上这世界的光,是因为曾与诸多黑夜
擦肩而过

第三辑

奔　赴

要去看你。投身于你的怀抱
洗去这半生的泥沙，也曾有风暴
和隐于暗处的旋涡

——《月下看海记》

小暑日海边纪事

午后四点,风声和鸟鸣灌满了海滩
潮水涌来时
我们的孤独无处躲藏

岸边,有人在翻捡鹅卵石
这些来自海的巨大馈赠
棱角已平,纹理斑驳
克制而平静,像是生活的另一面

远处,养殖户在海水里布网
他弯下腰,摇晃着身体
离岸又近了一步

泥沙混着海水,以退为进
"而浑浊,是无可避免的"——
礁石裸露
牡蛎留下空壳
寄居蟹正匆匆奔赴下一个洞穴

浪奔浪流。当熟悉的风物
——远去
我们的孤独,愈加深了

月下看海记

要去看你。像一次隐秘的约会
我有小小的欣喜
月正高悬,萤火虫忽隐忽现

要去看你。投身于你的怀抱
洗去这半生的泥沙,也曾有风暴
和隐于暗处的旋涡
现在,将变得蔚蓝和透明

波浪低缓,微光闪烁
"是什么正在远去"——
"是什么终将远去"——
而那些静默不语的礁石,多么像我们的领悟

涛声依旧,涛声永恒
一遍遍地停顿
起伏
此刻,有多少无法言说
就有多少想要奔赴的勇气

无所寄，在大岭后村听渔家号子

山村寂静，鸡犬都已安睡
而渔家号子响起来了
越过曲折和缠绵
他唱得那么直接
爱是爱，恨是恨
一曲终了，直抵心口
我喜欢的月亮，正白晃晃地悬在屋顶
未饮酒的人，此刻面色绯红

船过乱礁洋，或兼致文天祥

出海，生平第一次登上木质小船

船只盘旋掉头，马达声轰鸣

海水由浊变清

有人大声惊叹

有人躺于甲板，拥海天入怀

而一个名字被反复提起——

"风摇春浪软，礁激暮潮雄"

乱石暗礁，险峻奇丽

县志记载因此命名

而置身险境的人，船到此地或有片刻安慰

无非是一往直前

无非是退无可退

是的。海阔天空

此刻

风声自由

飞翔的海鸟自由

山河尚属故土

满腔孤愤可葬于飞逝的海浪

而扁舟上的你，是否亦张开了自由之翼？

注：南宋德祐二年〔1276〕初，文天祥奉使至元营议和，被扣留后于镇江脱险，流亡至通州〔今南通〕，由海路南下，出扬子江后过象山之乱礁洋、大目洋、猫头洋，辗转至温州、福州。

花岙岛，谒张苍水遗址

你有投笔从戎的勇气
你有穷尽一生、抵抗王权的勇气

故国莺花，孤鸟哀鸣
这独悬于海中的岛屿，悬崖赤壁高耸
像你尚未冷却的血液

沙场点兵，醉里挑灯
三百余年已逝。昔日的暗道、营房、敌台、水井
如今乱石成堆
时光的裂缝里都是风化的痕迹

那些你曾奔赴之地
成，或者败，正被人一再提及
"四入长江，三下闽海，二遭飓风覆灭，而仍百折不挠"
"攻克瓜州，直逼南京，连下四府三州二十四县"
……

熟悉的名字，陌生的故事

多少人的不甘之心，正败于庸常

小岛上，落日端庄

却有些孤独——

注：张苍水(1620—1664)，抗清将领。1644年闽战一役遭受重伤，遂散兵隐居于象山县南田悬岙岛，后因被叛徒出卖遇害。

再次写到海

这该死的宿命里的代名词
像我体内流淌的血液
此刻,已足足积攒了一整年的
每一艘船舱里的痛楚欢愉
每一面旗帜里的离愁别绪
从平静变得热切黏稠
从渔港码头至每座独立的岛屿
直到夜色降临
幽蓝的海面上,灯塔在远处发出神秘的召唤

听听那涛声

听听那涛声,听听那午后的波浪
带着不知疲倦的爱与恨
一次次涌来

听听风,来自遥远的降雪之冬
来自大海另一边的蝶翅
和海面上漂浮的最后一朵渔火
此刻,她停留于海滩边摇曳的芦苇枝头

听听那遍地的虫鸣和鸟鸣
自清晨至深夜
欢唱或者倾诉
像生活之外的另一种叙述

最后,我们依旧只听到涛声
那重复、单调的声音,在海边
裹挟着泥沙
多少年了,她孤独地抵抗着浑浊与清澈
那么决绝
那么平静——

大米草

裹着一件旧衣服
像是身体里,埋藏着
一阵阵降雪之风
在冬天的海边,呼啸而来
吹得你眯眼、流泪、弯腰,长发乱舞

小镇附近海域里的大片水草
——这种来自异乡名叫"大米草"的植物
它们密集生长,与你一样
也曾经,在风和海水交织的低哑的嘶叫声里
陶醉,肆无忌惮

但此刻,它们已经枯黄
日复一日,学会
向生活低头,颤抖,忏悔自己

直到千疮百孔
直到,所有新鲜的爱恨

都沉入风浪之后的海域

一颗羞愧之心,那么重
那么轻

.

制灯者

他的心里一定藏着大海
永不疲倦的波浪
和伫立于黑暗中的灯塔

劈竹成篾，制图
扎架、垫衬、糊纸、上鳞、着色、勾勒
最细腻的工艺
最原始的风浪

汹涌至平静。在古城的旧屋
他用爬满皱纹的双手
重现了
一个人的海洋：
鳌鱼、黄鱼、鲳鱼、带鱼、红洋鱼、目鱼、梭子蟹、红钳蟹
……

这些小镇人赖以为生的原始养分
此刻，以竹为骨
以纸为肉

以光为魂,凝固成
一盏盏灯火

而制灯者
用这些微小的灯塔
照亮了多少
黑夜里的归途
和深埋于海洋之心的秘密?

灯　塔

沿着小镇最长的马路
我们说起了被波浪拍打着的小镇
年少时,曾沿着海岸线奔跑
追逐过白色的浪花

后来,我们说起了
这些年的生活和生活给予的教训

但是。我们都没有提起灯塔
那个矗立在小镇的岬角上的物体
远离庸常生活

尽管我们都想象过他的模样
无限次想要接近
他被海水围绕
塔身已落满锈迹。他孤独的体内
灌满了风和鸟鸣

多少个漫长的黑夜

只有灯塔守护人定时拨亮灯火
伴随着海水的呓语和风暴的怒吼，发出唯一的光

多少个漫长的黑夜
一个客居异乡的人，在泥沙俱下的生活里
曾依赖着某种指引
不断拨亮内心的灯塔，寻找光的方向

某年冬夜在东门岛

抵达之时，落日已浸入海水
暮色慢慢围拢。东门岛像一颗孤悬的棋子

渔家乐里，推窗可见海
灯火星星点点。渔船、桅杆，整个岛屿
包括位于制高点的妈祖雕像、庙宇
在浓重的夜色里，渐渐裹在一起

这些年
许多人离开
许多人从遥远之处赶来
跨海桥、客栈、博物馆、陌生的面孔
新鲜元素不断渗入
然而东门岛沉默着，始终保持着与陆地之间的距离

他保持了生锈的铁锚、破旧的渔网、岛上劳作的女人
皮肤粗糙的渔夫
海浪的日夜拍打和挤压
他曾经献出的爱和热泪……

一个外来者,无法在新鲜的渔获里
品尝出东门岛与海水之间的关系
休戚相关,爱恨纠缠
……

一座被大海喂养的岛屿
在海水里汲取养分,也接受训示

在古城

现在,一切都静下来了
只有我们的脚步声

沿着青石板台阶往上
依次可以遇见:古城门、古戏台、风火墙、绸缎庄
当铺、烟馆、药铺、关帝庙……

从某一条窄巷子拐出
我们停顿、交谈,迂回着寻找另一条返回的路
沿途可看到

一盆半开的花
一桌吃了一半的饭菜
一件晾晒至半干的衬衣
一间间门面半掩的店铺:日杂店、灯笼店、古董店、花圈店

一个停留于半途的人
一生浓缩于此
童年和暮年,正遥遥相望

偶见江心寺

江心寺大门紧闭。在夜晚
尚有月亮斜斜独照
尚有三两游客从巷子深处踅摸而出
没有人注意到这是一座寺院。它像个隐喻
立于游人喧闹的古城出口

既然无江可渡，那么不妨更贴近尘世一些吧

"白日里，这里香火鼎盛"
作为虔诚的佛教徒
母亲说起寺院如同家人
这些年，她食素、诵经，专注于内心的佛
小心翼翼地接近着衰老
将尘世里的不惑、祝祷倾诉于一座座寺院

谈到以后并不包括我的生活，她并不知道
我有羞愧之心隐于夜色

柚子树下大摆宴席

久不见生人
村口黄狗,懒懒欲睡
树上雀鸟,吱吱乱吵

道人山,农家乐
用柴火灶头
烧洋芋饭,煮小海鲜
剩余的锅灰可烘番薯

我们在院子里辨认植物
苦楝、柚子、泡桐……
五月乡野,我像柚子花一样无辜

酒宴就摆在柚子树下
我们饮酒
也饮花香
和一粒粒急切的词语

旅　途

汽车在山间盘旋
路边密林披着黑夜

经过芭蕉林、大象营、红色的土地
长颈族人的手工织毯、亚热带植物的香气
而至这三国之境

从一条漫长的河流返回
太多情绪被倾泻
欢呼、赞叹、惊讶，而至沉默

唯有庙宇的金顶高高耸立
唯有满目星光闪烁于穹顶

夜行列车

一次是去炎热的粤地
穿越数节隧道，空气渐渐潮湿
硬卧车厢里，白色的光闪烁在黑暗中

一次来源于他人的描述
从北方抵达沿海某小镇，一粒黄沙
完成了海水的迁徙

站台永在原处，而夜行列车疾驰
铁轨因摩擦而灼热
在别处。我们置换着彼此

"生活在别处"
"我的缺席加入了人群"*
冰凉的空气亲吻着鼻翼
许多个黑夜，一列火车呈现出飞翔的色彩

* 出自辛波斯卡语。

春日谒林和靖墓

柳如丝，你的墓冢上
草色正在返青
顺着台阶往下走，是另一个世界

湖边的人渐渐多了
看杏花，看桃花，看湖水怎样
被一阵阵风吹皱了心

"对酒看花笑，无钱当剑沽"
那放鹤归去的人
那看花饮酒的人
在春天，已纷纷老去

众芳喧嚣。有人此刻正经过梅林
鸟雀掠过枝头，又飞散
她们一半守着你
一半守着这看不清的人间

雪后西溪，兼忆红楼

雪后西溪，无人
无鸟雀喧哗。我爱她的寂静
爱她清冷的河水下
忍住的孤独

数次想起她们：折红梅、烤鹿肉
锦心绣口，题诗风雪后
"质本洁来还洁去……"
"而如今，落一片白茫茫大地真干净"

众生皆苦。这白色之下
还有多少悲咽
未曾说出

在渐渐暗下去的天色里——
她递来唯一的光亮

出埃及记，有感于一个展览

孩子是雀跃的
一个被馈赠的下午，来自尼罗河畔
以另一种样子呈现：残破的石碑
一扇门背后，虚实之间

诸神环绕。这 5100 年前的国度
艳丽、圆满，人们佩戴动物形状的护身符
身躯健硕，农作物有着饱满的颗粒
装饰物细节生动，每个颜色都是隐喻的一种

她鲜活的肉体，他干净的眼睛
被封存于棺木中。这也许是永恒的模样
但真相是怎样的面容？
灵魂在飞翔，指引着另一个世界

这混浊的年代。难以触及的梦境
我推开，一个好奇的声音：
"生命只是短暂的居留"
我们将去往又一个陡峭之地——

夜宿乌镇

灯火渐次亮起
此时良辰,宜独坐
宜推窗,宜听窗外的流水之声

自西而东
当冗长的白日远去
嘈杂的市声远去,河面安静
水波微微荡漾

光阴两侧,曾被损毁的
已修复,精致如斯
虚构的故事,被谁轻声说出
真实如斯

镂空的木刻花纹
微光下有古旧的光泽
我有被隐匿的美,——向你呈现

木心美术馆印象

穿过元宝湖,是狭长的美术馆
我走过去
无数个参观者走过去

光线迅速暗了下来
人们四散参观,仔细辨认每一件展品
书籍、手稿、孤独的眼镜
那些曾在黑暗里大雪纷飞的诗句
曾随你流亡半生的画作
现在都沉默着,躺在玻璃橱窗里

你低沉的声音
在美术馆一侧回荡
那些滚烫的词语重新获得平静
秋天的光线自屋顶倾泻而下
"云雀叫了一整天了"
此刻,我愿意缄默——
"一切玄妙的话题都将终结于浅白的对答中"

初秋谒丰子恺故居

秋日枯瘦,山水皆有凉意
墙角处
芭蕉绿得幽深
樱桃树只剩下枯败之态

缘缘堂残留的蕉门
陈列于橱窗之内
黑白反差,犹如隐喻

先生,仿佛您仍在旧居
写作画画翻译
用纸笔
构筑清净之所

您的眼镜和棉衣
都很整齐
制作糕点的器具上,还有着
面粉刚刚蒸熟的味道

"一切语言都是多余的"
在您勾勒的世界里
一个满身尘埃之人,是惭愧的

夜宿西白山

因为一座山的指引
使黄昏抵达的人,清晰地辨认出
何处是风,何处是烟岚
何处又是
蜿蜒于山谷深处的归途
但并不需要过多理由——
西白山之上,苔藓匍匐于巨石
椆树却直入天空
山风低低吹过,月亮此刻圆满的光辉
亦有千余年了吗?
当我们深入一座山的腹部
半似归途,半似临渊
当我们交谈,西白山长久地停顿
而屋外流水响彻整夜

过太湖源记

马尖岗、龙须谷、飞花瀑
东苕溪跳跃着向前

她冰凉又清澈,小鱼在她的身体里嬉戏
仿佛从未有暴雨冲垮山体,从未有过泥沙和暗流
的倾泻

她安静地只留下了自己
空谷水声,盖住了俗世的一切:
叫卖声、交谈声、嬉闹声,山猴偶尔闪过的影子……

往上走。多少涓涓细流汇集至此
往上走。多少人慕名至此
不过是仰望,源头之水从石壁悬崖处
一跃而下的瞬间

千仞崖上,一朵山百合开得孤独而热烈

宿临安记

偏安一隅。像这山间的明月
像这身后的流水,一路翻山越岭
此时,往低处去

有人在大声说笑,孤独在夜里格外响亮
有人在喝酒,这一路奔波
尽在喉中。那冰凉的液体

与泪水一样滚烫
风吹起乱发。我想起午后
清澈的溪流里,一条竹筏被人轻轻撑开
那冒险的人,他尚有勇气

往低处去。而水中的倒影
被一一搅碎
又混入了新的流水——

风来岭有所赠

山路盘旋。当我们再次深入
一座山的腹部
蜿蜒而抵达
山岭雨雾氤氲,风吹拂
最高处的电视塔,在午后
被诗歌和茶水浸泡的山庄,榴花欲燃
一张张熟悉或陌生的面孔
交谈及致敬,寻找通往诗意的密钥

而我们脚下的溶洞,暂别现实主义的
幽静之地。此时
楮树花已谢,林中鸟鸣
和雨水一起滴落
视线至低处,一只巨大的湖泊静卧着
她注视一切

风吹拂,这隐秘的秩序
以某种方式呈现出宽阔

一颗意欲隐居的心和一块尖锐的石头
取得平衡
而有人正轻轻说出：
"群峰之上正是夏天"……

径山寺问禅

深山有古刹
自驾,换乘中巴,步行
一定要经过多次更替,抵达
才别具深意

山门高大,山风已凉
金刚怒目,观音慈悲
我没有看见径山寺破碎的样子,现在
万尊金身光芒闪耀

见佛,见众生
欢欣的、悲戚的、顺从的
一张张陌生的脸
一步步顺时而拜

要叩拜,要默念自己的心愿
他被教导。他尚不懂人间悲苦
光线涌动,当他蓝色的身影奔向大殿
仿佛凝聚了世间所有的甜——

过陕北

沙漠、平房、红柳,吃草的马儿黝黑
土长城、烽火台、白城子,丹霞地貌裸露着
原始的肌肤

八千里路云和月。吼一曲信天游
兰花花就抬起了头

黄沙热土,那风在猛烈地吹
吹走一个江南人的百转愁肠

情深意长,那酒要一饮而尽
用陕北汉子的火热胸膛,去温暖她羞红的脸

在龙洲镇看丹霞地貌

所有的岩石,都曾被流水反复切割
所有的人,都曾被生活的流水
反复切割

在峡谷里,天空蓝,湖水绿
石头都有一颗滚烫的心

风吹过来
红砂岩与黄土紧紧拥在一起
风吹过来
仰望的人与热泪紧紧拥在一起

去统万城

去统万城。做一匹骏马
缰绳就挽在杨树下
狼烟起,战鼓响,要追随我的英雄热血沙场

去统万城。做一只苍鹰
飞倦后,就落在最高的城墙之上
金戈声声,羌笛呜咽,沉默的人正抽出自己的骨头

去统万城。做他的女人
陪他筑城,陪他牧羊,为他生育子女
落日悲怆
当白城墙披上金黄的外衣
马蹄声从远处来,我的英雄从远处来

白城，落日及其他

一座荒凉的城
一座废弃的城
一座在落日下沉默的城。不远万里而来
黄沙依旧，只是苍鹰都已归巢
红柳依旧，只是树下的骏马已无疆场可奔赴
如今，一座被铁丝网保护着的遗址
更像一把白骨散落在野外

人群四散，参观、拍照
谈论着 1600 年前的繁华盛世
城垣、城门、马面、角楼，觅水草丰美之处
筑土为城，安放你的子民
安放你的女人
我走了一圈又一圈
我爱上的部分，已塌陷，已损毁
已等不及谁的救赎
此时落日下，有蚀骨之美

边塞饮酒记

酒是凉的
手是热的
切成大块的羊肉,羊汤里沉浮的月亮
在边塞,吃羊肉要配上泡椒、蒜头、香菜和嫩姜
用辛辣之物消解生活的平庸
醉就醉了吧
光阴无情,孤独催人老
那个酒后高歌一曲的人
他的声音里,隐藏着你的无法抵达

长安城怀古

要有骏马轻裘,葡萄美酒
要有霓裳羽衣,华清水暖
要有最华丽的辞章
让最明亮的月色指引

去古罗马
去东印度
去龟兹国
策马奔腾,去这世上一切未知之境
故国草木葳蕤。古城墙之上
唯有红灯笼随风而动

长安城
此后多少风雨,将没入脚下的青黑砖石
多少孤独,将随着诗句落于纸上
而使几千年之后的夜晚
闪闪发亮

秦始皇陵侧记

帝国盛大。你构筑的城墙还在
你点燃狼烟的烽火台还在
你挥斥的兵甲还在
你的功过是非
流传于民间的故事都还在

陵园空旷,松柏有参天之姿
墓碑寂然,唯有远来的人们
"统一而后强大"
你缔造生前固若金汤的帝国
也缔造死后坚不可摧的陵墓

背倚骊山,面朝渭河
金玉在其左右
城垣、宫殿、葬马坑、陶俑坑
珍禽异兽坑、人殉坑、马厩坑、刑徒坑……
你提前安置好一切
但有什么是永恒的呢?

一个帝国始，源于累累白骨
一个帝国末，终于累累白骨
秋风浩荡，刀剑已冷
唯有坚硬的骨头依旧滚烫

大雁塔，以及信仰论

与当年的盛况相似
依旧巍峨高耸
依旧信徒众多
但时间，让一座塔苍老

绕塔而行
我试图寻找那微妙倾斜的角度
风沙、地震、战争
还有什么未曾亲历之事
将在一座塔里被重现？

例如此刻
敬畏高耸的建筑物
它信仰般的塔尖
有可望而不可即的美妙

而我正加速陈旧

开始迷恋旧器物
旧衣衫
迷恋一个人，在馆内独自慢走

西周、大秦、汉、唐……
青铜器、陶俑、壁画……
陈列之物古典华丽，盛世中的光芒
在闪耀
而死亡的价值被放大

接受赞美
接受对先人的膜拜
接受流连于珍宝的目光
历史，浓缩于一座建筑之内

残缺的书简
陶俑凝固的衣袂
在旧物无声的呼吸中

无数新面孔纷至沓来

与一座博物馆不同
他有崭新的模样,而我正加速陈旧

博物馆记

成年后,她喜欢去博物馆
喜欢静止的物体停在静止的空间
低声呼吸

最常去自然博物馆
巨大的动物骨殖,微小的昆虫标本
飞鸟和鱼
离开进化论之后,它们亲密如爱人

曾在春日,止步于苏州博物馆的
一支玉簪和几枚银饰
她虚构着花样、纹理、流水般的光芒。有些痛
来自某个故事落下的尘埃

曾与孩子,误入刀剑博物馆
这些尖锐又坚硬的物体,曾被作为权杖握于手里
此刻静卧橱窗
她无法向稚子说出,战争、征伐、血泪
一个帝国的王权如何在时间深处落满锈迹……

京城,国家博物馆。历史被压缩成薄薄的书简
和凝固的器皿
她在观音像前独自逗留,莲花盛开
她记得一个声音
关于彼此信仰的讨论,被永久镌刻在空气里

她停留于一个个博物馆
她在体内建筑自己的博物馆
幻想飞翔和离去
她奔跑的速度无法抵御时光的痕迹
馆之外,世事喧嚣
馆之内,残碑缄默——

我和我的断桨（后记）

"为什么写诗？"

"因为孤独。"

孤独，好矫情的答案。

因为写作，喜欢花草和烹饪，爱喝咖啡爱饮茶，某天朋友圈里，一位朋友留言说，"写写字，拍拍照，做做美食，惬意，你的日子精致而有调调"，一时之间竟很难反驳，于是只好笑笑。

其实，很长一段时间里，我都陷于某种孤独的情绪中无法自拔，而我可以正视这种情绪，也不过是这几年。

年少时，家里的房子是一栋木结构的两层楼，一楼是厨房兼饭厅，二楼是卧室，而通往二楼的楼梯居然在外。初一晚自修回来，我都要独自在黑夜里摸索着上楼梯，嘎吱作响的木楼梯，满脑子都是关于鬼怪的想象，那一段路，我走得漫长又脚软。初二，某日午后遇火灾，木房子化为灰烬。此后多年，我们一家过着辗转寄居的生活。当我回想那段时光，或许是出于对自己的保护，记忆竟已经很是模糊。但我知道，孤独的种子在那时就已经埋了进去，并影响着我此后的人生。

成年之前，我都接受着要求成为隐忍乖顺的好孩子的家庭教育，一直在追赶别人也被别人追赶，青春期的叛逆未曾露出头角就已经被规整。直到独自来杭念书，直到毕业，那一刻，我以为自己终于独立且自由，少时积压的情绪完全得到释放，也因此，之后很长一段时间内，我的性格又骄傲又任性，而来自外部的那些由于观点差异所造成的冲突,在每一个细枝末节里被放大,被时间雕琢得无比深刻且使人痛苦。

直到小暖出生之后。2013 年的某一天起,我重新开始写作和阅读,前所未有地渴望获得精神上的共鸣,我变得安静,把自己的挑剔藏了起来,重新像一个乖孩子,在文字里学习与那种情绪和平共处。

作为一个并不太自信的写作者,我写得少且慢,只是默默对自己说,每年多一点点进步,117 首诗歌,时间跨度近 3 年,大抵代表了我目前主要的写作方向,着眼于小题材、小视角,有意远离宏大叙事,"冷寂的观察,敏捷的捕捉,悠长的沉思,以及情绪传达中对外部世界少许的抵触与叛逆"(唐晋)。我审视自己,也审视许多如我一样的 80 后女性的生活状态,从故乡去往异乡,从青葱年少向着中年一路狂奔,历经的爱与恨、抵抗与和解,"以一种盐的质感表征着地域性,高度浓缩了经验和想象,用细节性传递出内心的波动和宁静"(唐晋)。

特别想说的是,近两年,在一个名叫"杭州诗院"的小小群体中,定期的诗歌练习敦促我不断调整着自己的写作,有意识地去解决那些写作之初的问题,而诸位师友皆谦虚温厚,给予我温暖和鼓励,无法一一枚举,请允许我铭感于心。

正如博尔赫斯在《恶棍列传》里写道:"生活是苦难的,我又划着我的断桨出发了。"嗯,那么就继续吧!

张小末

2018 年 11 月于杭州